Escuela de niños grandes

ESCUELA PRIMARIA

Dona Herweck Rice

La escuela de niños grandes
se ve fascinante,
sé que es un lugar
muy interesante.

Creo que hacen todo
tipo de cosas,
como subir en columpios
y montar en bicicletas.

4

Creo que tocan
la guitarra eléctrica
y hasta trabajan
en la mecánica.

Taller mecánico

Me pregunto si pintarán las paredes y correrán por los pasillos grandes.

Se encuentran cantando y actuando.

Se pasan escribiendo, leyendo y dibujando.

Aprenden a chiflar
y a chasquear los dedos
y hasta bailan
muy animados.

Vuelan cometas
y hacen volteretas
y hasta construyen
barcos de madera.

Yo sé que será
muy fascinante
cuando vaya a la escuela
de niños grandes.